U0088058

獻給瑪莎和哈利——

我超級強壯的幫手和挖寶高手

特別向潘和馬丁致上感謝

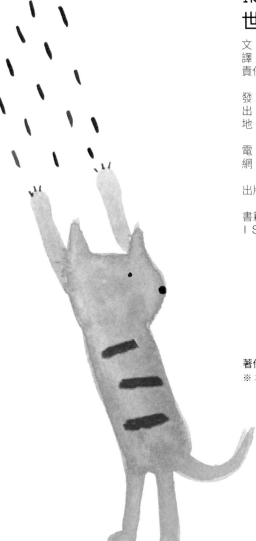

IREAD
世界上最強壯的媽媽

文　　圖	妮可拉‧肯特
譯　　者	吳其鴻
責任編輯	郭心蘭

發 行 人	劉振強
出 版 者	三民書局股份有限公司
地　　址	臺北市復興北路 386 號 (復北門市)
	臺北市重慶南路一段 61 號 (重南門市)
電　　話	(02)25006600
網　　址	三民網路書店 https://www.sanmin.com.tw

出版日期	初版一刷 2018 年 4 月
	初版二刷 2022 年 6 月
書籍編號	S858421
I S B N	978-957-14-6367-4

Original title：The Strongest Mum
Text and illustrations copyright © Nicola Kent 2018
First published in 2018 by Macmillan Children's Books,
an imprint of Pan Macmillan
Chinese translation right © 2018 San Min Book Co., Ltd.

小山丘官網

著作權所有，侵害必究
※ 本書如有缺頁、破損或裝訂錯誤，請寄回敝局更換。

世界上最強壯的媽媽

妮可拉·肯特/文圖

吳其鴻/譯

小山丘

我的媽媽是世界上最強壯的媽媽。

耶嘿！

她很擅長拿東西，一直以來都是這樣。
這真是太棒了！因為我很擅長
收集東西，一直以來都是這樣。

媽媽，可以幫我拿這個嗎？

這個也可以嗎？

這些也可以嗎？

沒問題，
全都塞進我的包包裡。

媽媽的包包總是有空位放我的寶物。

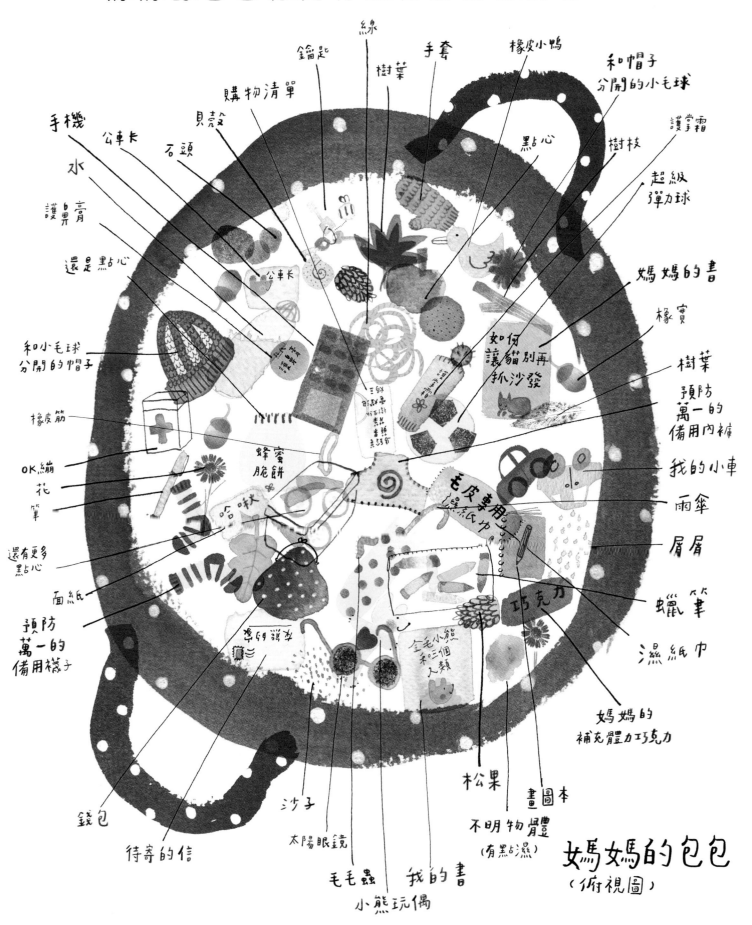

媽媽的包包
（俯視圖）

媽媽越來越厲害，能拿
更大、更多的東西。

不是我不喜歡騎腳踏車喔，
只是有時候覺得有點累。

快要到家囉。

非ㄈㄟ常ㄔㄤˊ累ㄌㄟ。

媽ㄇㄚ媽ㄇㄚ從ㄘㄨㄥˊ不ㄅㄨ覺ㄐㄩㄝˊ得ㄉㄜ累ㄌㄟ。

媽媽也很樂意幫助朋友。

可以幫我拿這個嗎？

當然！放在把手上就好。

她會幫忙拿斑馬買的東西，

獅子洗好的衣服，

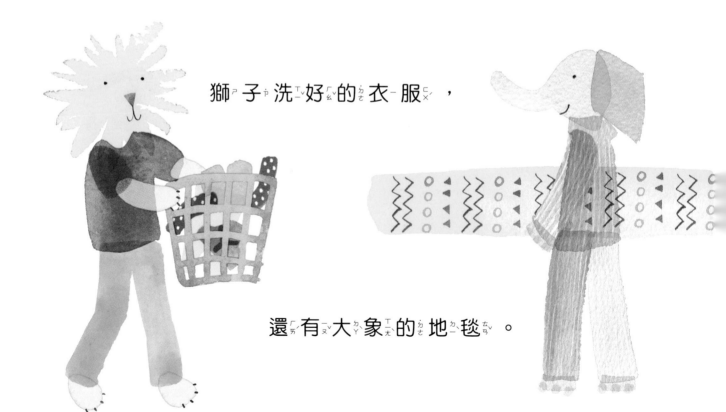

還有大象的地毯。

沒多久，大家都知道我有一個世界上最強壯的媽媽。

除了這些，她甚至還拿得動……

…… 紅ㄏㄨㄥˊ鶴ㄏㄜˋ的ㄉㄜ 鋼ㄍㄤ 琴ㄑㄧㄣˊ ！

謝啦！

學習
故事集
瑜伽

熊寶春
寶貝店
麵包

我知道媽媽已經
拿了很多東西，

但是這麼棒的寶物，
真的很不容易發現。

媽！媽！
這是三胞胎！

加上這個以後，
似乎真的太多了。
媽媽開始搖搖晃晃，
跌跌撞撞，然後就……

媽媽覺得自己不再那麼強壯了。

媽媽，
別擔心，
沒事的。

媽媽的朋友都趕來幫忙。

獅子打電話給一個
會修鋼琴的朋友，

斑馬動手修理
腳踏車。

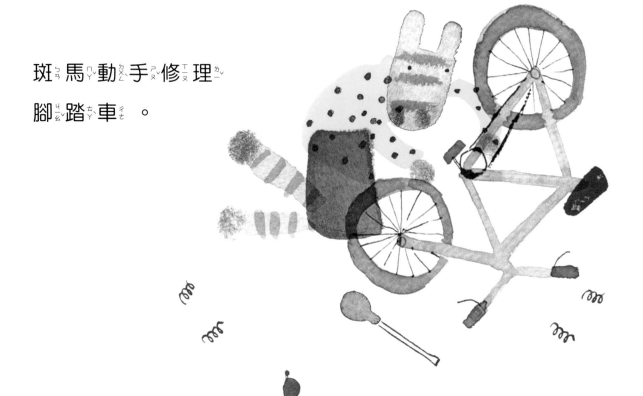

紅鶴用摔爛的蔬菜
煮了一鍋美味的湯，

大象負責整理環境。

我把要送給媽媽的
寶物撿起來。

大家都認為媽媽需要
好好休息……

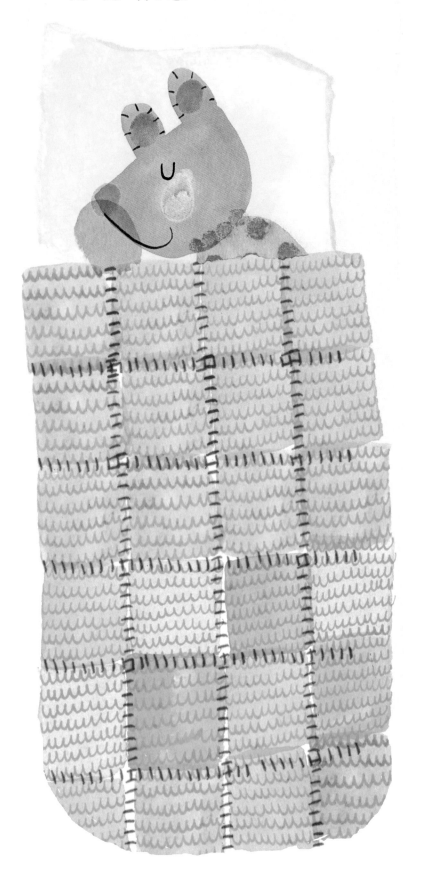

…… 也需要一些好幫手。

如何
讓貓別再
抓沙發

不久之後，媽媽又變得
活力充沛……

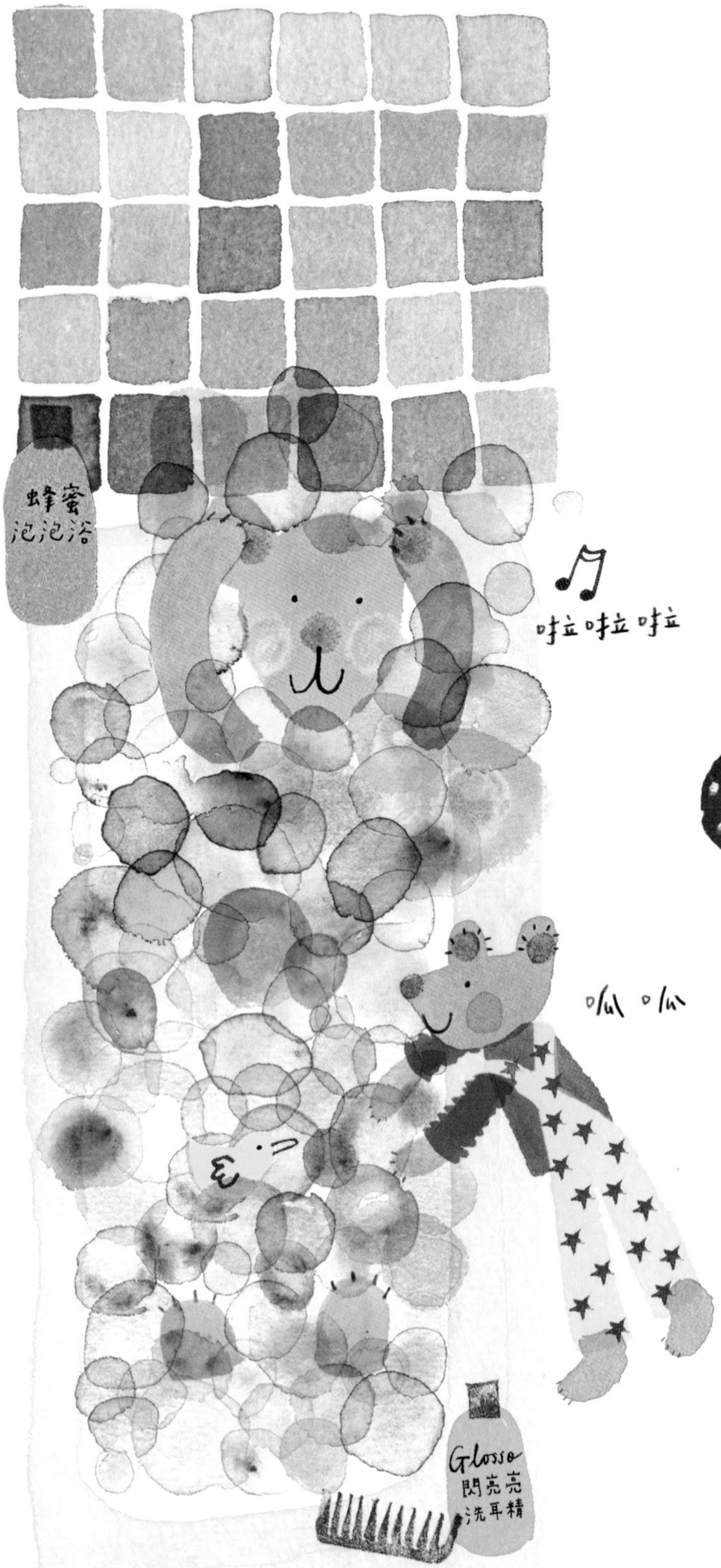

……而且隨時可以
再出門。

蜂蜜
泡泡浴

啦啦啦

呱呱

Glosso
閃亮亮
洗耳精

錢包，帶了。
手機，帶了。
鑰匙，帶了。
準備好了！

但是出門之前，我想先把這串寶物送給她。

耶嘿！

太漂亮了！

這是特別為你做的！

我的媽媽是世界上最強壯的媽媽 ……

…… 而且，我也變得超級強壯。

大象地毯專賣店

電影院

我們一起拿。

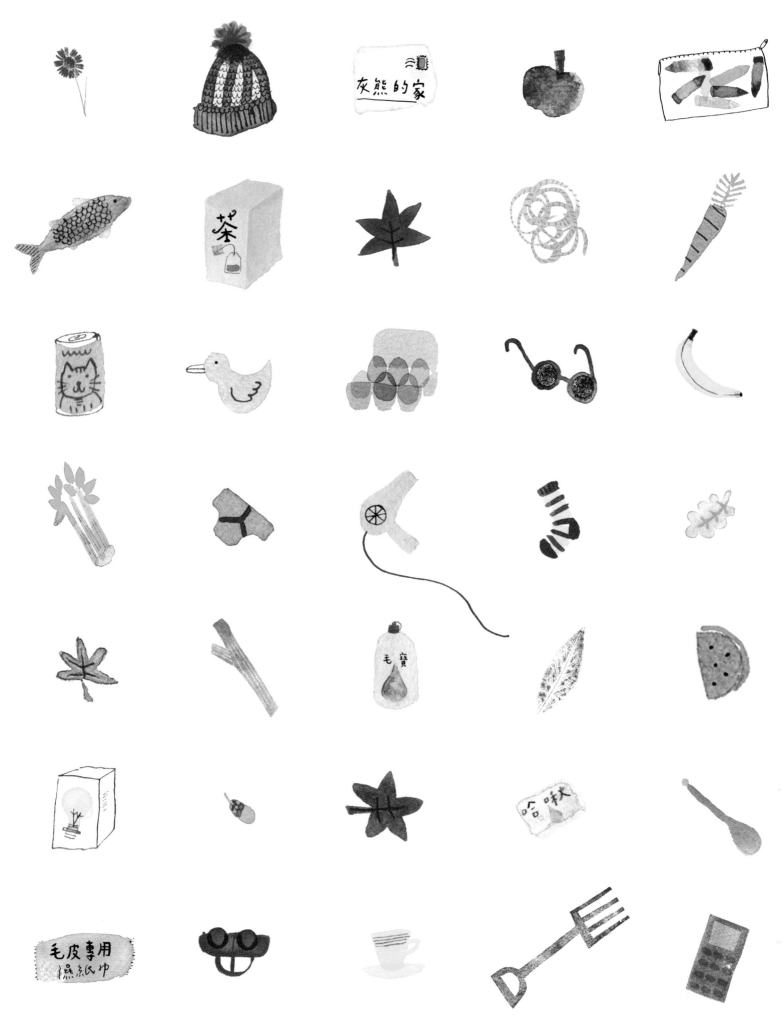